Coches épicos

El Acura NSX

MEGAN COOLEY PETERSON

BLACK RABBIT BOOKS

Bolt es una publicación de Black Rabbit Books
P.O. Box 227, Mankato, Minnesota, 56002.
www.blackrabbitbooks.com

Jen Besel, editora; Grant Gould, diseñador;
Omay Ayres, investigación fotográfica
Traducción de Travod, www.travod.com

Información del catálogo de publicaciones de la biblioteca del congreso
Names: Peterson, Megan Cooley, author. | Garstecki, Julia. Epic cars. Spanish.
Title: El Acura NSX / por Megan Cooley Peterson.
Other titles: Acura NSX. Spanish
Description: Mankato, Minnesota : Black Rabbit Books, [2021] | Series: Bolt. Coches épicos | Includes index. | Audience: Grades 4-6 | Summary: "Experience what it's like to be behind the wheel of an Acura NSX through exciting text, vibrant photography, and labeled images and other graphics"—Provided by publisher.
Identifiers: LCCN 2019053794 (print) | LCCN 2019053795 (ebook) | ISBN 9781623105044 (hardcover) | ISBN 9781644664582 (paperback) | ISBN 9781623105105 (ebook)
Subjects: LCSH: Acura NSX automobile—Juvenile literature. | LCGFT: Literature.
Classification: LCC TL215.A256 P4818 2021 (print) | LCC TL215.A256 (ebook) | DDC 629.222/2—dc23
LC record available at https://lccn.loc.gov/2019053794
LC ebook record available at https://lccn.loc.gov/2019053795

Créditos de las imágenes

Alamy: DeAngelo Lee, 26 (tl); hondanews.com: Acura NSX GT3, 15 (b); Honda Acura, 3, 4-5, 6-7, 8-9 (b), 11, 15 (t), 18-19, 21, 22-23, 24, 26 (tr), 27, 28-29, 32; nsx.acura.com: 17; Acura, portada (automóvil), 1, 10, 16, 31; nsxhq.com: NSX HQ, 12-13; Shutterstock: Elenamiv, portada (fondo); GarikProst, 19; topspeed.com: Top Speed, 8-9 (t)

Se ha hecho todo esfuerzo posible para establecer contacto con los titulares de los derechos de autor del material reproducido en este libro. Cualquier omisión será rectificada en impresiones posteriores previo aviso a la editorial.

Contenido

CAPÍTULO 1

A toda Velocidad por la carretera

Un Acura NSX va a toda velocidad por la carretera. El motor ruge. La forma de flecha del auto lo hace ver potente y rudo. El NSX deja a la mayoría de los otros autos mordiendo el polvo.

Acura **lanzó** el primer NSX en 1990. La compañía los fabricó hasta 2005. Hizo una nueva versión en 2016.

El regreso

El nuevo NSX volvió a las carreteras en 2016. Este superdeportivo puede alcanzar las 60 millas (97 kilómetros) por hora en 2,7 segundos. Su velocidad máxima es de 191 millas (307 km) por hora.

EL NSX DE 1990 FRENTE AL NSX DE 2019

NSX DE 2019

VELOCIDAD MÁX.
191 MILLAS
(307 km) por hora

573
caballos de fuerza

2,7
SEGUNDOS

EL TIEMPO QUE TARDA EN IR DE
0 a 60 MILLAS
(97 KM) POR HORA

NSX DE 1990

VELOCIDAD MÁX.
167
MILLAS
(269 km) por hora

270
caballos de fuerza

5,7
SEGUNDOS

EL TIEMPO QUE TARDA EN IR DE
0 a 60 MILLAS
(97 KM) POR HORA

CAPÍTULO 2

Diseño

El Acura NSX fue diseñado para la velocidad. Su forma le ayuda a reducir la **resistencia al avance**. El aire fluye fácilmente por los asideros colocados **a paño** con las puertas. En la parte trasera hay grandes respiraderos que enfrían el motor. Los respiraderos que están en el capó generan **carga**.

El NSX pasó por miles de horas de pruebas de aerodinamismo.

PARTES DE UN ACURA NSX

FORMA LISA
PARRILLA
RESPIRADEROS

El interior

El interior del NSX brinda a los propietarios la experiencia de un auto de carrera. El asiento abraza al conductor. La parte superior e inferior del volante es plana. Con esta forma no se bloquea la visión del conductor de la carretera. También les da a los conductores más espacio para las piernas.

Acura hizo una versión para carreras del NSX. Se llama NSX GT3.

ACURA
AutoNation
MOTUL
AutoNation
MICHELIN

RODEADO DE SONIDO

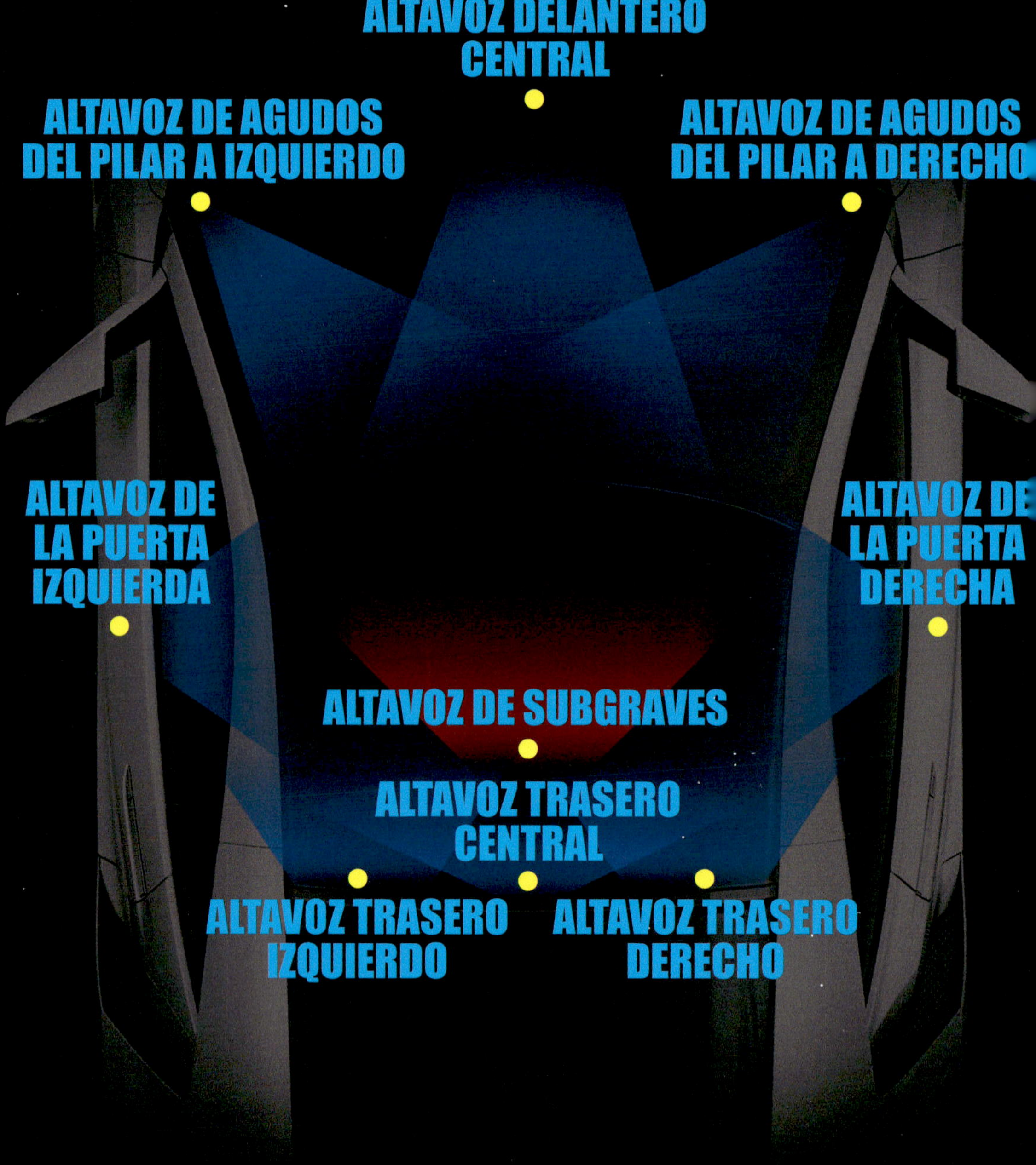

Mapas y música

El NSX viene con dispositivos de mucha tecnología. Cuenta con una pantalla táctil en la que se pueden ver mapas y controlar la música. Los botones del volante también controlan la música. El sonido envolvente da vida a la música con nueve altavoces.

Personalizado

Con el NSX se vela por que los conductores se destaquen en la calle. Se tarda más de veinte horas en pintar cada NSX. Los compradores pueden elegir entre ocho colores para la parte exterior. Las superficies interiores vienen en cinco colores. Los asientos también vienen en varias opciones de color.

Los conductores pueden elegir más que simplemente los colores de sus autos. Los autos tienen cuatro modos de conducción. Cambian la manera en que se maneja el coche.

MODOS DE CONDUCCIÓN

SILENCIOSO

el auto es silencioso mientras se lo conduce

DEPORTIVO

mejor para la conducción habitual

DEPORTIVO PLUS

hace que la dirección esté más firme

PISTA

hace que el auto se maneje como un auto de carreras

CAPÍTULO 3

Potencia y rendimiento

Muchos superdeportivos tienen un motor de ocho cilindros. Pero no es el caso del Acura NSX. El motor de seis cilindros del NSX es más pequeño y usa menos gasolina. También pesa menos. El NSX tiene un **consumo** de gasolina de aproximadamente 21 millas (34 km) por galón.

Aston Martin DBS Superleggera de 2019

Acura NSX de 2019

Maserati GranTurismo de 2019

2019 Bugatti Chiron

peso en libras

PESO TOTAL DE DISTINTOS AUTOS

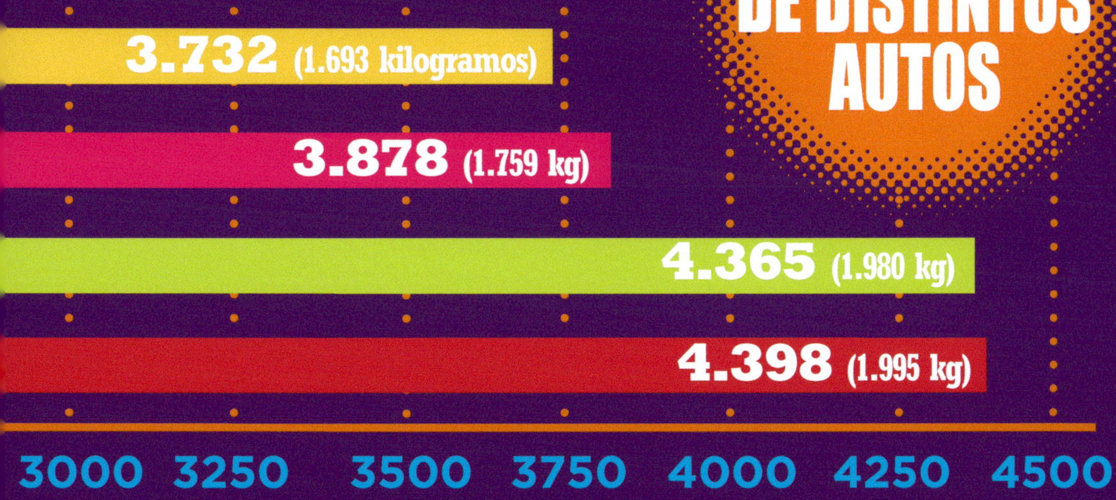

Mucha potencia

El NSX tiene un motor más pequeño. Pero, con 573 **caballos de fuerza**, tiene mucha fuerza. El motor también tiene un turbocompresor doble. Los turbocompresores fuerzan la entrada de más aire al motor. La mayor cantidad de aire hace que el motor vaya más rápido.

Para construir cada motor de NSX se tarda de cinco a seis horas.

Energía eléctrica

El NSX tiene tres motores eléctricos. Estos motores le dan al automóvil potencia adicional en el arranque. Luego, es el motor de gasolina el que se hace cargo. Los motores también ayudan a que el automóvil tome curvas cerradas a altas velocidades.

Cuestión de Números

2

TOTAL DE ASIENTOS

$159,300

PRECIO DE BASE

47,8
PULGADAS
(121 CENTÍMETROS)
DE ALTURA

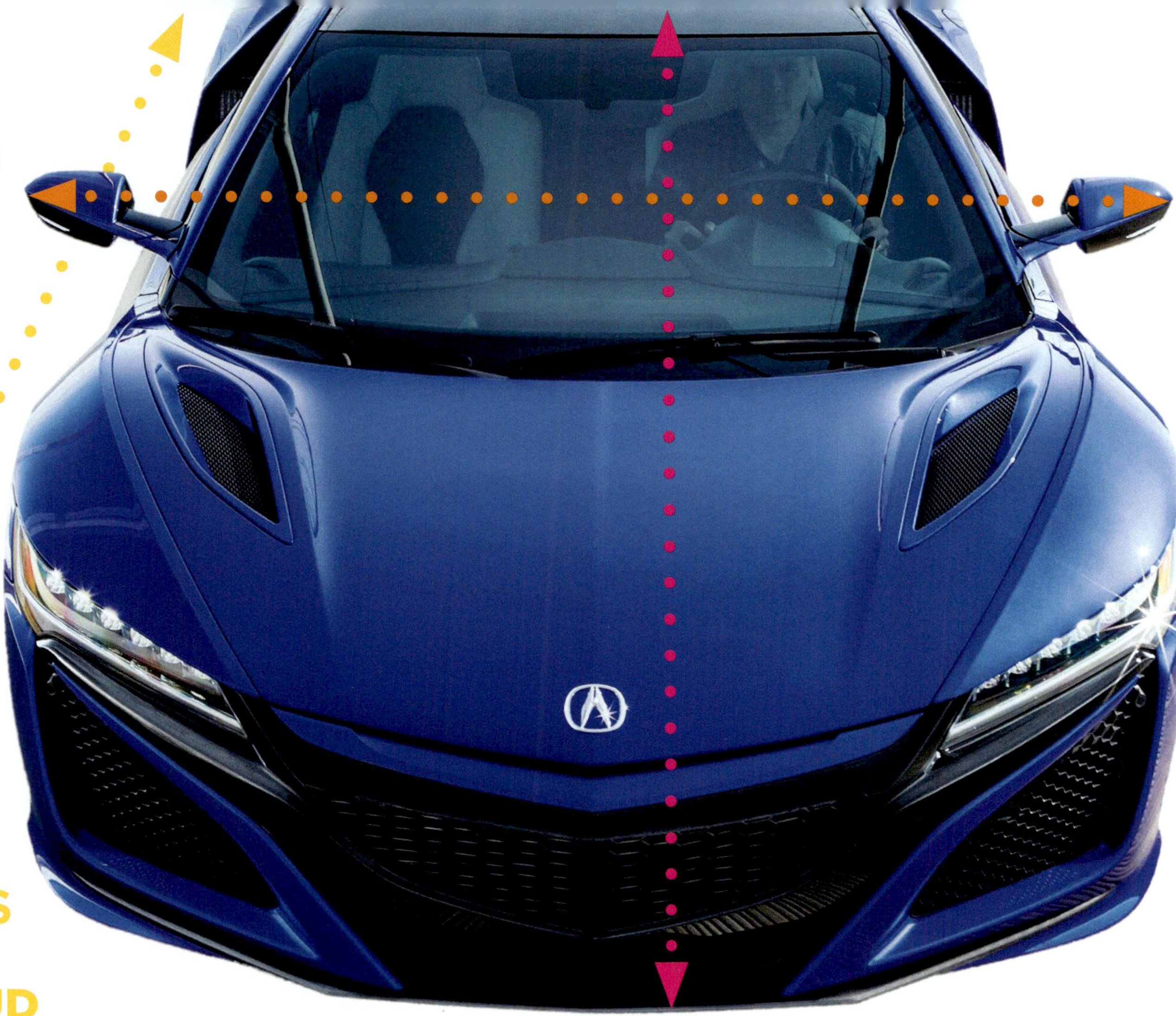

76.3
PULGADAS
(194 CM)
DE ANCHO

176
PULGADAS
(447 CM)
DE LONGITUD

El NSX es uno de los pocos superdeportivos construidos en los Estados Unidos.

CAPÍTULO 4

Un Coche Épico

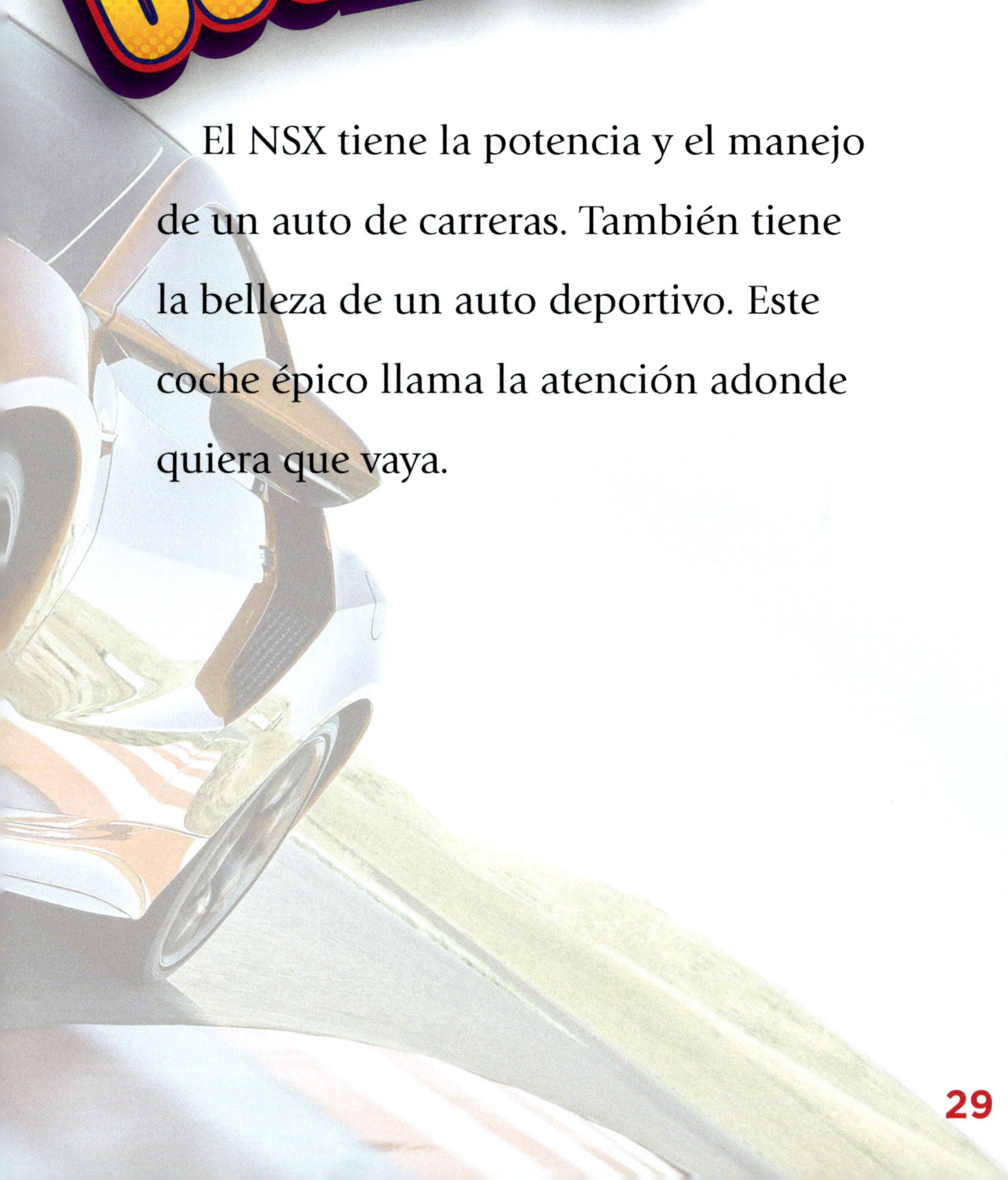

El NSX tiene la potencia y el manejo de un auto de carreras. También tiene la belleza de un auto deportivo. Este coche épico llama la atención adonde quiera que vaya.

a paño: puesto de manera que quede uniforme con las superficies a su alrededor.

aerodinamismo: cualidad de algo que tiene una forma que permite que se mueva fácilmente a través del aire.

alerón: un dispositivo colocado en un vehículo para reducir la elevación y aumentar la resistencia; detiene el flujo de aire.

caballo de fuerza: unidad empleada para calcular la potencia de los motores.

carga: fuerza que aumenta la estabilidad de un vehículo motorizado al presionarlo hacia abajo.

consumo: la cantidad promedio de millas que un vehículo puede recorrer con un galón de gasolina.

lanzar: poner a disposición del público.

resistencia al avance: algo que hace que la acción o el progreso sea más lento o más difícil.

ÍNDICE